Editor de Literatura: *Vitor Maia*

Concepção da Coleção: *Maria Viana*

Coordenação Editorial: *Ana Paula Ribeiro*

Assistente Editorial: *Andréia Szcypula*

Revisão: *Fernanda Almeida Umile*
*Janaína Mello*

Elaboração de Glossário: *Gislene P. R. de Oliveira*

Elaboração de biografia de Artur Azevedo: *Adilson Miguel*

Capa: *Marcelo Ribeiro*
*Julie Pires*

Ilustrações: *Marcelo Ribeiro*

Projeto Gráfico e Diagramação: *Due*
*Julie Pires*

Supervisão Gráfica: *Roze Pedroso*

Assessoria de Imprensa: *Paula Thomaz*
*Sintaxe Comunicação*

**Dados Internacionais de Catalogação na Publicação (CIP)**
**(Câmara Brasileira do Livro, SP, Brasil)**

Azevedo, Artur, 1855-1908.
De cima para baixo / Artur Azevedo ; ilustrador Marcelo Ribeiro. — 1. ed. — São Paulo : DCL, 2004.

ISBN 85-7338-778-5 (obra completa)
ISBN 85-7338-931-1 (brochura)
ISBN 85-7338-962-1 (capa dura)

1. Literatura infanto-juvenil I. Ribeiro, Marcelo. II. Título.

04-6155 CDD – 028.5

**Índices para catálogo sistemático:**

1. Literatura infanto-juvenil 028.5
2. Literatura juvenil 028.5

1ª edição, outubro de 2004.



Editora DCL – Difusão Cultural do Livro Ltda.
Rua Manuel Pinto de Carvalho, 80 – Bairro do Limão
CEP 02712-120 – São Paulo – SP
Tel.: (0xx11) 3932-5222
http://www.editoradcl.com.br
E-mail: dcl@editoradcl.com.br

*Artur Azevedo*

# DE CIMA PARA BAIXO

*ilustrado por* Marcelo Ribeiro

DCL
DIFUSÃO CULTURAL DO LIVRO

[illegible] perguntou o diretor-geral abrindo muito os olhos

[illegible] sem o nome do funcionário nomeado!

[illegible] que o ministro lhe atirou.

[illegible] Sua Majestade principalmente agora que

[illegible] Sua Majestade muito bem

[illegible] é um ministro ocupado

[illegible] o diretor-geral.

[illegible] Mande-o fazer com pressa! [illegible]

[illegible] e chegando ao seu gabinete.

[illegible] passar por uma vergonha diante do senhor ministro!

[illegible] o nome do funcionário nomeado [illegible]

Naquele dia o ministro chegou
de mau humor ao seu gabinete,
e imediatamente mandou chamar
o diretor-geral da secretaria.

Este, como se movido fosse por uma pilha elétrica, estava, poucos instantes depois, em presença de sua excelência, que o recebeu com duas pedras na mão.

– Estou furioso! – exclamou o conselheiro. – Por sua causa passei por uma vergonha diante de sua majestade o imperador!

– *Por minha causa?* – perguntou o diretor-geral, abrindo muito os olhos e batendo nos peitos.

– O senhor mandou-me na pasta um decreto de nomeação sem o nome do funcionário nomeado!

– *Que me está dizendo, excelentíssimo...?*

E o diretor-geral, que era tão passivo e humilde com os superiores quão arrogante e autoritário com os subalternos, apanhou rapidamente no ar o decreto que o ministro lhe atirou, em risco de lhe bater na cara, e, depois de escanchar a luneta no nariz, confessou em voz sumida:

*– É verdade! Passou-me!*
*Não sei como isso foi...!*

– É imperdoável esta falta de cuidado! Deveriam merecer-lhe um pouco mais de atenção os atos que têm de ser submetidos à assinatura de sua majestade, principalmente agora que, como sabe, está doente o meu oficial de gabinete!

E, dando um murro sobre a mesa, o ministro prosseguiu:

– Por sua causa esteve iminente uma crise ministerial: ouvi palavras tão desagradáveis, proferidas pelos augustos lábios de sua majestade, que dei a minha demissão!...

*– Oh!...*

– Sua majestade não a aceitou...

*– Naturalmente; fez sua majestade muito bem.*

– Não a aceitou porque me considera muito, e sabe que a um ministro ocupado como eu é fácil escapar um decreto mal copiado.

– *Peço mil perdões a vossa excelência* – protestou o diretor-geral, terrivelmente impressionado pela palavra demissão. – *O acúmulo de serviço fez com que me escapasse tão grave lacuna; mas afirmo a vossa excelência que de agora em diante hei de ter o maior cuidado em que se não reproduzam fatos dessa natureza.*

O ministro deu-lhe as costas e encolheu os ombros, dizendo:

– Bom! Mande reformar essa porcaria!

* * *

O diretor-geral saiu, fazendo muitas mesuras, e, chegando ao seu gabinete, mandou chamar o chefe da 3ª seção, que o encontrou fulo de cólera.

– Estou furioso! Por sua causa passei por uma vergonha diante do senhor ministro!

– *Por minha causa?*

– O senhor mandou-me na pasta um decreto sem o nome do funcionário nomeado!

E atirou-lhe o papel, que caiu no chão.

O chefe da 3ª seção apanhou-o, atônito, e, depois de se certificar do erro, balbuciou:

*– Queira vossa senhoria desculpar, senhor diretor... são coisas que acontecem... havia tanto serviço... e todo tão urgente!...*

– O senhor ministro ficou, e com razão, exasperado! Tratou-me com toda a consideração, com toda a afabilidade, mas notei que estava fora de si!

*– Não era caso para tanto...*

– Não era caso para tanto? Pois olhe, sua excelência disse-me que eu devia suspender o chefe de seção que me mandou isto na pasta!

– *Eu... vossa senhoria...*

– Não o suspendo; limito-me a fazer-lhe uma simples advertência, de acordo com o regulamento.

– *Eu... vossa senhoria.*

– Não me responda! Não faça a menor observação! Retire-se, e mande reformar essa porcaria!

* * *

O chefe da 3ª seção retirou-se confundido, e foi ter à mesa do amanuense que tão mal copiara o decreto:

– Estou furioso, sr. Godinho! Por sua causa passei por uma vergonha diante do senhor diretor-geral!

*– Por minha causa?*

– O senhor é um empregado inepto, desidioso, desmazelado, incorrigível! Este decreto não tem o nome do funcionário nomeado!

E atirou o papel, que bateu no peito do amanuense.

– Eu devia propor a sua suspensão por 15 dias ou um mês: limito-me a repreendê-lo na forma do regulamento! O que eu teria ouvido, se o senhor diretor-geral não me tratasse com tanto respeito e consideração!

*– O expediente foi tanto que não tive tempo de reler o que escrevi...*

– Ainda o confessa!

*– Fiei-me em que o senhor chefe passasse os olhos...*

– Cale-se!... Quem sabe se o senhor pretende ensinar-me quais sejam as minhas atribuições?!...

*– Não, senhor, e peço-lhe que me perdoe esta falta...*

– Cale-se, já lhe disse, e trate de reformar essa porcaria!...

* * *

O amanuense obedeceu.

Acabado o serviço, tocou a campainha.

Apareceu o contínuo.

– Por sua causa passei por uma vergonha diante do chefe da seção!

*– Por minha causa?*

– Sim, por sua causa! Se você ontem não tivesse levado tanto tempo a trazer-me o caderno de papel imperial que lhe pedi, não teria eu passado a limpo este decreto com tanta pressa que comi o nome do nomeado!

*– Foi porque...*

– Não se desculpe: você é um contínuo muito relaxado! Se o chefe não me considerasse tanto, eu estava suspenso, e a culpa seria sua! Retire-se!

*– Mas...*

– Retire-se, já lhe disse! E deve dar-se por muito feliz: eu poderia queixar-me de você!...

* * *

O contínuo saiu dali e foi vingar-se num servente preto, que cochilava num corredor da secretaria.

– Estou furioso! Por tua causa passei pela vergonha de ser repreendido por um bigorrilhas!

– *Por minha causa?*

– Sim; quando te mandei ontem buscar na portaria aquele caderno de papel imperial, por que te demoraste tanto?

*– Porque...*

– Cala a boca! Isto aqui é andar muito direitinho, entendes? Porque, no dia em que eu me queixar de ti ao porteiro, estás no olho da rua! Serventes não faltam!...

O preto não redargüiu.

* * *

O pobre diabo não tinha ninguém abaixo de si, em quem pudesse desforrar-se da agressão do contínuo; entretanto, quando depois do jantar, sem vontade, no frege-moscas, entrou no pardieiro em que morava, deu um tremendo pontapé no seu cão.

O mísero animal que vinha, alegre, dar-lhe as boas-vindas, grunhiu, grunhiu, grunhiu, e voltou a lamber-lhe humildemente os pés.

O cão pagou pelo servente, pelo contínuo, pelo amanuense, pelo chefe de seção, pelo diretor-geral e pelo ministro!...

# Glossário

*ministro:* auxiliar direto do imperador que chefia um ministério, superior ao diretor-geral.

*diretor-geral:* principal administrador de uma repartição pública, subordinado diretamente ao ministro e superior ao oficial-de-gabinete.

*conselheiro:* título de honra atribuído a certas pessoas na época do Império.

*imperador:* soberano de uma nação.

*decreto de nomeação:* ordem por escrito, que atribui um cargo público a alguém, efetuada por uma autoridade competente.

*subalternos:* subordinados ou inferiores a alguém; que estão sob as ordens de outro.

*escanchar:* colocar sobre.

*luneta:* óculos.

*oficial-de-gabinete:* membro da equipe de uma autoridade pública, subordinado ao diretor-geral e superior ao chefe de seção.

*iminente:* prestes a acontecer.

*augustos:* respeitáveis, majestosos.

*lacuna:* falha.

*reformar:* refazer, consertar.

*mesuras:* cumprimentos cerimoniosos, reverências, cortesias.

*chefe de seção:* aquele que dirige uma repartição, um departamento, e é responsável por seu funcionamento, subordinado ao oficial-de-gabinete e, na sua ausência, ao diretor-geral, e superior ao amanuense (escrevente).

*exasperado:* irritado.

*afabilidade:* delicadeza.

*amanuense:* escrevente, copista, funcionário de repartição pública que cuidava de fazer cópias escritas, subordinado ao chefe de seção e superior ao contínuo.

*inepto:* imbecil.

*desidioso:* preguiçoso, negligente.

*fiar:* acreditar, confiar.

*contínuo:* office-boy, subordinado ao amanuense (escrevente).

*servente:* funcionário que executa serviços gerais, como limpeza e manutenção.

*bigorrilhas:* patife, sem-vergonha, canalha, joão-ninguém.

*redargüir:* responder argumentando.

*desforrar(-se):* vingar(-se).

*frege-moscas:* restaurante popular.

*pardieiro:* moradia velha, estragada.

## Artur Azevedo

Artur Nabantino Gonçalves de Azevedo nasceu em 1855, em São Luís do Maranhão. Teve quatro irmãos, dentre os quais o famoso autor do romance *O cortiço*, Aluísio Azevedo. Ainda criança, já mostrava seu interesse por teatro, encenando peças com meninos da sua idade. Em pouco tempo, ele mesmo estava escrevendo os textos que representava. Começou a trabalhar, como vendedor, aos 13 anos. Depois foi empregado da administração provincial, de onde foi demitido por publicar sátiras contra autoridades do governo. Nessa época, foram apresentadas suas primeiras comédias nos teatros de São Luís. Aos 15 anos, escreveu a peça *Amor por anexins*, que foi um verdadeiro sucesso.

Mas o teatro e a literatura não bastavam para garantir seu sustento. Artur Azevedo, como muitos outros escritores brasileiros, acabou por prestar concurso e tornar-se funcionário público. Mudou-se para o Rio de Janeiro em 1873 e passou a trabalhar no Ministério da Agricultura.

Casou-se duas vezes e teve quatro filhos, todos do segundo casamento.

Além de atuar no serviço público, deu aulas de Português, mas foi no jornalismo que ele pôde realizar as atividades que o tornariam conhecido como um dos maiores contistas e teatrólogos brasileiros. Ao escrever para jornais e revistas, conheceu autores importantes, como Machado de Assis, Raul Pompéia e Olavo Bilac.

Em seus artigos e peças, defendeu a libertação dos escravos com bastante entusiasmo.

Embora escrevesse contos desde 1871, foi só em 1889 que se animou a reunir algumas histórias no livro *Contos possíveis*, dedicado a Machado de Assis.

Em todos os seus textos, ele se mostrou um grande observador do cotidiano da vida carioca.

Artur Azevedo faleceu no Rio de Janeiro em 22 de outubro de 1908.

## Marcelo Ribeiro

Muitas décadas separam o conto de Artur Azevedo das ilustrações que realizei para este livro e, de lá para cá, diversas transformações ocorreram no mundo. Entre algumas mudanças, surgiram profissões que não existiam nas academias. Minha carreira profissional é um exemplo disso: sou graduado e mestre em Design, atividade que na época de Artur Azevedo era exercida por outros profissionais.
Trabalho também na criação de desenhos animados e, em 2004, recebi o Prêmio Petrobras pela realização do filme *Avenida Rio Branco: quadro a quadro*. Essa é uma atividade antiga, desenvolvida principalmente a partir do sucesso do cinema.
Livros e imagens sempre me encantaram e por isso me interessei pela ilustração.
Em 2000, iniciei minha carreira de ilustrador e, um ano depois, fui selecionado para participar do UNESCO-BIB Albín Brunovsky Workshop, realizado na Eslováquia.
Este é meu nono trabalho como ilustrador.
Com as imagens que realizei para os livros anteriores, recebi prêmios e certificados: quatro livros foram considerados Altamente Recomendáveis pela Fundação Nacional do Livro Infantil e Juvenil (FNLIJ), dois selecionados pelo Programa Nacional do Livro Didático e, em 2004, recebi o Prêmio de Melhor Ilustração – FNLIJ com o livro *Robinson Crusoe* da editora DCL.
Quando fui convidado a fazer os desenhos para este livro, pude perceber a atualidade do texto de Artur Azevedo ao refletir nosso cotidiano, especialmente no que diz respeito às atitudes humanas.
Por esse motivo, trabalhei as ilustrações procurando dar ênfase aos gestos e olhares das personagens, além de certos elementos, como relógios e a escada em espiral, que criei como metáforas de sentimentos.
Contei com a criatividade do projeto gráfico de Julie Pires, especialmente na intervenção de algumas frases sobre imagens, criando um eco para repercutir expressões e marcar o espaço da cena.